Schiava Sottomessa e altre storie

Erika Sanders

Serie
Collezione di dominazione erotica

Sinossi

Questo libro è composto dalle seguenti storie:
Schiava Sottomessa
Aumento di stipendio
Situazione inaspettata
Accoglienza selvaggia

Schiava Sottomessa è una storia dal forte contenuto erotico BDSM e, a sua volta, appartiene anche alla collezione Erotic Domination, una serie di romanzi ad alto contenuto romantico ed erotico BDSM.

(Tutti i personaggi hanno 18 anni o più)

Nota della scrittrice:

Erika Sanders è una nota scrittrice internazionale, tradotta in più di venti lingue, che firma i suoi scritti più erotici, lontani dalla sua prosa abituale, con il suo nome da nubile.

Indice:

SCHIAVA SOTTOMESSA E ALTRE STORIE
ERIKA SANDERS

SCHIAVA SOTTOMESSA

La schiava Susan si svegliò con un desiderio delizioso di allattare il suo padrone, ma rimase sgomenta nello scoprire che se n'era già andato.

Sul cuscino accanto a lei, invece, c'era un biglietto, un'unica orchidea e un buono regalo per il suo giorno preferito alla spa.

Sbadigliò e si stiracchiò, poi lesse avidamente il biglietto.

"Voglio che tu trascorra la giornata preparandoti per Me. Non devi masturbarti oggi, perché ti darò tutto ciò di cui avrai bisogno più tardi. Stasera saremo al ballo di beneficenza e poi ti userò in ogni modo, finché Ne ho abbastanza." ".

Susan sapeva che il biglietto del suo Maestro diceva molto più di quanto dicesse perché conosceva il suo cuore.

In tre brevi frasi, lui la informò che quel giorno e quella notte sarebbero stati per il suo piacere e per quello suo, che non c'era parte di lei che lui non avrebbe spinto al limite, e che avrebbe dovuto fare tutto il necessario per renderlo più forte. era il più piacevole possibile per lui.

Susan amava compiacere il suo Maestro e lui rendeva sempre perfetto tutto tra loro.

Susan si alzò dal letto e si arricciò i capelli in una molletta mentre andava in bagno.

Appesi a un gancio legato dietro la porta c'erano il vestito, le calze e le scarpe che il maestro Robert le aveva scelto da indossare.

Non c'erano biancheria intima.

Susan sorrise, poi si lavò la faccia, si lavò i denti e, prima di tornare nella stanza, aprì l'ultimo cassetto del comò, tirò fuori le palle cinesi e si tolse le mutandine con cui aveva dormito.

Il Maestro aveva detto che non c'era parte di lei che non avrebbe usato.

Lentamente, mise a posto le palle cinesi e subito cominciò già ad immaginare il magnifico cazzo del suo Padrone...

Indossò i pantaloncini di jeans e la camicia gialla che mastro Robert indossava la sera prima.

Le piaceva indossare i suoi vestiti.

Poteva sentirne l'odore su se stessa in quel modo.

Si mise i sandali, prese la carta regalo e partì velocemente.

* * *

Susan arrivò e scoprì che Mastro Robert aveva organizzato tutto con le sue istruzioni, come faceva normalmente.

Le donne nella stanza non gli dissero nulla, ma continuarono semplicemente a fare quello che stavano facendo.

Non si sentiva a disagio con quella che il mondo percepiva come una relazione di sottomissione, perché il mondo non sapeva nulla dell'amore che condivideva con il suo Maestro Robert.

"Sì, siamo Padrone e schiavo," pensò mentre la manicure lavorava sui suoi piedi, "Ma siamo anche Marito e Moglie, Robert e Susan, anime gemelle!" Non importava se il resto del mondo non lo capiva.

Semplicemente perché non avevano idea del vero amore che esisteva tra loro.

Dopo aver completato la manicure e la pedicure, fu portata nel bagno alla lavanda e vaniglia.

Questa era la sua parte preferita e Mastro Robert lo sapeva.

Era molto difficile per lei non darsi piacere quando veniva lasciata sola nel bagno profumato, ma sapeva che il suo Padrone avrebbe voluto molto da lei stasera, quindi si riposò senza raggiungere l'orgasmo in bagno.

Alla fine, quando i suoi capelli furono cambiati, glieli lavarono e glieli ammucchiarono seducentemente sulla sommità della testa, fissandoli con la molletta che lui le aveva comprato al loro primo appuntamento.

Lei sorrise felice, pensando al piacere che gli avrebbe dato toglierle la forcina dai capelli e vederla cadere sulle sue spalle.

Sarebbe una notte da ricordare.

Tornata a casa, si truccò.

Poi c'erano le calze alte di seta e le scarpe col tacco nere da sette centimetri che le aveva comprato in Italia.

Si fermò lì per guardarsi allo specchio.

Mancava qualcosa.

Fu un breve pensiero che scacciò rapidamente dalla sua mente.

Se avesse voluto di più, lo avrebbe previsto.

Si tolse le palle cinesi che l'avevano tenuta sull'orlo dell'orgasmo per tutto il giorno, poi si infilò il delicato vestito sopra la testa e lo lasciò scivolare lungo il corpo.

Era soddisfatta del modo in cui si guardava allo specchio e anche Robert lo sarebbe stato.

Un tocco del suo profumo preferito ed era pronta.

Prese l'orchidea che quella mattina galleggiava in una ciotola d'acqua e se la infilò nel nodo dei capelli sulla nuca.

Quando sentì la sua macchina entrare nel vialetto, i suoi capezzoli si indurirono e la sua figa cominciò a pulsare.

Normalmente lo avrebbe aspettato sulla porta in ginocchio con il collo piegato, in modo che il suo corpo fosse completamente a sua disposizione.

Era molto ansiosa.

Si precipitò in fondo alle scale ad aspettarlo.

Quando entrò, lei era già arrossita per l'eccitazione e poteva sentire che il suo aspetto gli piaceva mentre stava a guardarla.

"Sei deliziosa, schiava Susan."

"Grazie, mastro Robert, sono molto felice che siate soddisfatto."

"Sembra che tu abbia dimenticato qualcosa."

"Ho dimenticato qualcosa?"

Robert le prese il polso e la condusse su per le scale.

Sul cuscino, dove prima c'erano il biglietto e il fiore, c'era il suo girocollo.

Rimase stupita di non averlo notato prima e riconobbe immediatamente il suo errore.

Il maestro Robert le aveva preparato il girocollo fatto a mano insieme alla cravatta corrispondente per lui.

Il suo girocollo conteneva metà di un cuore di cristallo che si adattava perfettamente all'altra metà che indossava.

Glielo aveva regalato il giorno del loro matrimonio.

Come aveva fatto a non accorgersene?

I suoi capezzoli iniziarono ad allungarsi e la sua vagina cominciò a pulsare quando si rese conto di quanto fosse grave il suo errore.

Robert si slacciò la cintura.

"Ti amo, Susan, ma non posso permettere una tale negligenza nella tua preparazione per Me."

"Sì, mio dolce possessore."

"Piegati e afferra le caviglie."

Non aveva bisogno che le dicessero di allargare le gambe, dato che era già stata punita in questo modo in precedenza.

Al maestro Robert piaceva guardarle la figa quando la sculacciava.

Afferrò il vestito di seta e lo fece scivolare lentamente lungo le gambe fino alla vita e, a causa della sua posizione, continuò a scivolare giù e attorno alle sue tette coprendole un po' la testa e il viso.

Che spettacolo magnifico gli mostrò, vestita in modo così elegante, ma in una posa così rozza.

Poteva vedere quanto fosse eccitata dal modo in cui l'umidità della sua figa brillava alla luce.

Si tolse la cintura che teneva in mano, ripensandoci.

Sarebbe una lunga notte.

Si voltò e si avvicinò al suo lato del letto e, frugando nel cassetto del comodino, tirò fuori una frusta di cuoio che aveva usato spesso su di lei.

Aveva un lungo manico e dall'estremità pendevano nove sottili strisce di pelle morbida ed elastica.

È stato ben utilizzato e apprezzato.

Tornò da lei lentamente, godendosi la bella immagine che aveva creato e osservando i cambiamenti che avvenivano in lei.

Respirava affannosamente e faceva fatica a stare ferma.

"Ahhh, mia schiava Susan, mi divertirò stasera!"

E con ciò, le colpì tre rapide frustate verso il sedere che la fecero urlare di dolore e di piacere.

Fece un passo indietro e osservò la velocità con cui le strisce rosse cominciavano ad apparire sul suo sedere.

"Merda!" Pensò tra sé! "Come farò a trattenermi stasera?"

E con questo pensiero la soluzione è arrivata immediatamente.

L'avrebbe preso subito, prima della seduta serale, solo una volta per liberarsi dallo stimolo.

Lui aprì bruscamente i pantaloni, tirò fuori il suo cazzo già duro e lo spinse in profondità nella sua figa, non per piacere, ma per lubrificarla.

Ciò che desiderava di più in quel momento era rosso, attillato, lucido e pronto per lui.

Ha ritirato il suo cazzo dalla figa gocciolante della schiava Susan con suo grande sgomento e lo ha spinto in profondità nel suo culo in attesa.

Il grido di "SI!" dalle sue labbra alimentò il suo fuoco e lui le schiaffeggiò follemente i fianchi sollevati.

Tenendola stretta, non si fermò finché non fu pronto ad esplodere.

Sentì il suo respiro affannoso e i suoi gemiti mentre un carico di sperma setoso andava e veniva su tutto il suo culo arrossato.

Quando tornò in sé, si rese conto che stava massaggiando il suo sperma caldo nel culo tenero e desiderato della sua schiava Susan, mentre lei lo ringraziava ancora e ancora.

"Stasera indosserò il mio smoking nero, Susan," e con ciò andò sotto la doccia mentre la schiava Susan si metteva il girocollo e poi andava nell'armadio a prendere il suo smoking.

Fu molto scrupolosa e ricontrollò che tutto ciò di cui Lui aveva bisogno lo stesse aspettando quando uscì dalla doccia.

Posò ogni oggetto sul letto mentre pensava al modo in cui lui l'aveva appena usata, al modo meraviglioso in cui le sue palle schiaffeggiavano il suo clitoride mentre le devastava il culo.

Era così persa nei suoi pensieri che non lo sentì alle sue spalle finché non la baciò dolcemente sul collo.

"Non desidero punirti, Susan, ma oh! Come sei squisita quando lo faccio."

"Grazie, signor Robert."

* * *

In macchina, Mastro Robert le fece scivolare la vestaglia lungo le gambe e le allargò le cosce.

Le toccò la figa ancora gocciolante, ma le proibì di venire.

La schiava Susan si agitò sulla sedia e fu felice di vedere la Sala in così poco tempo, poiché era sicura che non avrebbe potuto resistere a lungo.

Le mise le dita in bocca affinché potesse pulirle con la lingua e le labbra mentre con l'altra mano sbottonava i tre piccoli bottoni in cima al reggiseno.

"Lascia così," le disse, e poi la baciò teneramente sulle labbra, prima di dirle di aspettare che aprisse la porta.

All'interno della Sala, era costretta ad allontanarsi spesso da lui, ma lui era sempre in vista di lei.

La schiava Susan chiacchierava educatamente con gli altri attendenti, ma come al solito si dirigeva verso i luoghi più tranquilli e veniva lasciata sola.

Mastro Robert aveva una grande richiesta di attenzioni e lei ammirava il modo in cui si comportava in quelle situazioni, così galante, così bello.

Quando le fu chiesto di ballare, guardò in Lui per avere guida.

Tra loro era inteso che c'erano momenti in cui era necessaria un'accettazione educata, ma lei aspettava sempre il suo consenso prima di accettare e poteva quasi sempre contare su di Lui per fermare qualunque cosa stesse facendo.

Stasera, però, ha aspettato il suo Maestro Robert, rifiutando le offerte anche quando approvava.

Dopo il terzo rifiuto, si diresse verso di lei dall'altra parte della stanza.

"Stai bene amore mio?"

"Sì."

"Perché non balli?"

"Perché stasera voglio solo ballare con te."

"Allora, Susan, realizzerai il tuo desiderio."

Lui le fece scivolare la mano intorno alla vita e la adagiò delicatamente sulla schiena per condurla sulla pista da ballo.

Tenendola stretta, ballò con lei.

Guardandola come se fosse l'unica donna al mondo, tormentò la sua pelle con i Suoi occhi e la condusse sull'orlo della felicità con sussurri su come l'avrebbe usata in seguito.

"Portami a casa?" Gli sussurrò.

La prese per mano e la condusse tra la folla.

In macchina si baciarono appassionatamente e la schiava Susan gli sussurrò il desiderio del suo cuore.

"Ho bisogno del mio maestro Robert."

Robert ha risposto sbottonandosi i pantaloni e permettendole di allattarlo mentre tornava a casa.

* * *

Nel vialetto, dopo aver spento la macchina, la lasciò lì a godersi il modo affamato in cui stava divorando il suo cazzo.

La fece fermare giusto il tempo necessario per infilarsi il vestito sopra la testa e gettarlo sul sedile posteriore.

Poi spostò indietro il sedile e le tolse la forcina dai capelli, lasciandola ricadere sulle sue spalle.

Amava i suoi capelli neri, il modo in cui le cadevano sul viso e sulle spalle e il modo in cui gli riempivano i pugni quando li afferrava.

Robert la osservò a lungo, meravigliandosi del modo in cui adorava il suo cazzo, succhiandolo come se fosse il suo stesso sostentamento.

Quando il suo desiderio di venire fu più grande della Sua moderazione, Lui affondò le mani tra i suoi capelli e le spinse il cazzo in profondità nella gola.

Si muoveva dentro e fuori dalla sua bocca e dalla sua gola con un bisogno profondo che minacciava di divorarla.

La schiava Susan tremava tra le sue mani e lui si rese conto che il suo stesso rilascio avrebbe innescato quello di lei.

Un ultimo colpo in profondità nella sua gola ed esplose in estasi.

Ogni spruzzo di latte caldo scuoteva il corpo di lei con uno spasmo pari al suo.

Erano padrone e schiavo eppure erano uno.

Un corpo ...

Un bellissimo spasmo di latte...

L'amore di uno!

* * *

La schiava Susan aprì gli occhi quando il Maestro Robert aprì la porta.

Lui le tese la mano e la aiutò a scendere dall'auto.

Lei stava davanti a lui al chiaro di luna, con il vestito alto fino alla coscia, le scarpe di seta e il girocollo contenente mezzo cuore di cristallo.

La luce della luna e delle stelle danzavano sulla sua pelle e lui respirò profondamente alla sua vista.

"Vieni amore mio, la nostra notte è appena iniziata."

La condusse dentro e nella camera da letto, dove aprì le porte del balcone per far entrare la brezza dell'oceano.

Le prese il girocollo e lo sostituì con la collana, poi la guidò verso il letto dove la bendò.

"Sdraiati. Voglio sentire il tuo corpo sottomettersi a Me", sussurrò.

Fece come le aveva chiesto e poi attese il suo ordine successivo.

Poiché non arrivava nessuno, cercò di calmare il respiro, cercò di sentirlo nella stanza.

Dove potrebbe essere?

Cosa fai?

La sua mente correva, anticipando i suoi piani per lei.

Attese quella che sembrò un'eternità, pensando di poterlo sentire respirare, ma senza mai esserne sicura.

Quando finalmente pensò che una sculacciata per disobbedienza fosse meglio che aspettare un altro secondo, cercò la benda, ma invece di lasciare che lei si mettesse nei guai, le disse: "Toccati per me".

Tre parole, tre minuscole parole, accesero in lei un fuoco che non aveva mai sentito prima .

Immediatamente, le sue mani furono sul suo corpo, una sul petto e una tra le gambe.

In pochi secondi, si stava contorcendo nell'orgasmo, le gambe aperte, le ginocchia tese, le dita che le scopavano furiosamente la figa fino a venire, la schiena inarcata fino a quando nient'altro che il culo e la parte posteriore della testa toccavano il letto.

"Sì! Robert! Oh, il mio padrone Robert! Sì! Sì! Sì!"

Non era completamente abbassata della sua altezza dopo averlo sentito di nuovo:

"Ancora. Fallo ancora."

Rotolò sulla pancia e mise le ginocchia sotto il corpo spingendo il sedere in aria affinché Lui potesse vederlo.

Ha seppellito le dita nella figa più profondamente che poteva e si è masturbata ancora una volta per l'intrattenimento del suo Maestro.

Quando è arrivato è durato molto di più del primo.

Raggiunse il suo punto magico ancora e ancora finché, alla fine, correndo lungo l'interno delle sue cosce, iniziò a implorarla pietà.

Voltandosi sulla schiena, gridò:

"Robert! Oh, Robert! Per favore! Per favore! Per favore, scopami adesso!"

Non mostrò alcuna pietà mentre l'afferrò e la fece rotolare brutalmente sulla pancia.

Riconobbe la sua frusta nel momento in cui entrò in contatto con la sua pelle.

"Grazie, Maestro! Grazie per la tua generosità. Grazie per avermi permesso di venire. Grazie per amarmi abbastanza da punirmi quando non ti mostro il dovuto rispetto."

Ogni colpo riceveva la gratitudine che avrebbe dovuto esprimere quando Lui le permise di venire.

Non poteva più trattenersi!

La montò com'era, a faccia in giù e bagnata dal bisogno.

Scivolò dentro di lei così facilmente che pensò che l'avrebbe distrutta.

Afferrò due mani piene dei suoi capelli e la pompava febbrilmente.

Lo stava ancora ringraziando quando sentì il suo membro nel profondo di lei.

La gettò e la girò dentro e lei si contorse sotto di Lui, aspettando che Lui le desse ciò di cui aveva bisogno.

L'ha scopata fino all'orgasmo, senza mai rallentare o fermarsi finché alla fine è venuto anche lui, nel profondo del suo grembo.

Lei giaceva sotto di Lui, mungendo il Suo cazzo con la sua figa e sussurrando più e più volte: "Grazie, grazie, mio dolce possessore", mentre il suo Padrone Robert le mormorava elogi affascinanti all'orecchio.

Il costante strattone della sua figa sul suo cazzo lo mantenne in posizione verticale e presto anche i suoi fianchi cominciarono a muoversi di nuovo.

Amava il modo in cui i suoi desideri e bisogni corrispondevano ai suoi.

Si donò a Lui così completamente che non ci fu mai un momento in cui uno dei due fosse soddisfatto prima che i bisogni dell'altro fossero soddisfatti.

All'inizio, il suo corpo a volte sentiva dolore a causa del suo cazzo lungo e grosso e delle sue forti pretese prima di essere completamente soddisfatta, ma ora il suo corpo, la sua pancia, la sua stessa anima si adattavano a lui come un guanto e il dolore del suo amore era solo apparente. il giorno successivo.

Era sua in ogni modo e ne era felice quanto lui.

Robert era affascinato da quanto velocemente fosse stato di nuovo pronto per lei.

Lui fece scivolare le mani sulle sue braccia e le afferrò i polsi.

Li tenne insieme sopra la testa mentre lui frugava nel cassetto del comodino e recuperava le manette.

Dopo averle unito i polsi, ha tirato fuori il cazzo dalla sua figa affamata per andare nell'armadio a prendere una corda.

Si legò la corda ai polsi per usarla come guinzaglio.

Ancora bendata, respirava affannosamente e lui sapeva che era bisognosa.

Infilò nuovamente la mano nel cassetto e tirò fuori un anello per la bocca.

"Apri la bocca, schiava Susan."

Lei fece ciò che Lui le chiese senza fare domande, perché entrambi conoscevano il significato della loro relazione.

Le mise l'O-ring in bocca e glielo fissò saldamente intorno alla testa.

Poi la prese dal letto e la mise in ginocchio.

Ciò che sarebbe seguito non era una punizione, ma piacere e schiavo. Susan aveva subito imparato che c'era una differenza.

Tenendola per i capelli, Master Robert spinse il suo cazzo attraverso il bavaglio e nella gola della schiava Susan.

Lo tenne lì finché lei non cominciò ad avere i conati di vomito e poi lo tirò fuori.

La spinse di nuovo e la trattenne, ma nel giro di pochi secondi lei stava di nuovo conati di vomito.

Lo tirò fuori e attese.

Quando il suo respiro si stabilizzò, la spinse di nuovo.

Questa volta riuscì a trattenerlo senza vomitare.

Non la pompava, non si muoveva nemmeno, ma le lasciava il cazzo in gola finché lei non cominciava a dimenarsi.

Quando il suo dimenarsi si trasformò in lotta, lui tirò fuori il cazzo e le accarezzò i capelli.

"Quella è la mia ragazza!" Disse con orgoglio. "Quella è la mia dolce ragazza."

Quelle tenere parole fecero stringere i capezzoli della schiava Susan e la sua figa divenne umida di desiderio.

Il maestro Robert stava addestrando la sua odalisca a prendere tutto il suo cazzo senza conati di vomito.

Era una questione di pazienza e pratica, ma stava migliorando sempre di più.

C'erano momenti in cui non soffocava mai e quando ciò accadeva, lui la ricompensava bene.

Mastro Robert spostò la corda di piombo sul suo collare e la fece tornare a letto.

"Vuoi che io sia schiavo, Susan?"

Sì, la sua risposta fu con un cenno del capo.

"Hai bisogno della mia schiava Susan?"

Sì, ancora una volta.

"Vediamo se è così?"

Robert legò la corda alla testiera e fece dell'altra estremità un cappio che le fece scivolare sopra la testa e intorno alla gola.

Quindi iniziò il compito di valutare i bisogni della sua schiava Susan.

Tra le sue gambe, lui scivolò in posizione per prendere in bocca il suo clitoride pulsante.

La succhiò delicatamente, nello stesso modo in cui lei lo succhia quando lo succhia.

I fianchi della schiava Susan iniziarono a ruotare e spingere.

Incapace di parlare con l'anello in bocca, si limitava a sussultare e gemere.

Quando fu molto vicina a venire, Lui indietreggiò, costringendola a scivolare verso di Lui e di conseguenza stringendole il collo sulla corda.

Il maestro Robert la fece sentire squisita.

La leccò lentamente dal sedere fino al clitoride e poi disegnò pigri cerchi attorno al suo clitoride con la lingua.

Ciò che le fece fu esasperante e tuttavia così meraviglioso, finché non si tirò indietro di nuovo.

La schiava Susan scivolò giù per ottenere la pressione di cui aveva bisogno dalla lingua sul clitoride.

Oh se solo potesse venire adesso!

Ora che la corda era tesa e non c'era più alcun allentamento, il Maestro Robert si alzò e seppellì il suo cazzo duro nella figa gocciolante della schiava Susan.

Lui le spinse indietro le gambe e la scopò profondamente, picchiando contro il punto che gli dava tanto piacere, mordendo le tette che gli appartenevano e succhiandole i capezzoli sempre più forte, ma quando lei cominciò a dimenarsi e gemere sotto di lui, lui tornò indietro. ...ritirarsi, concedendogli solo la testa del glande e nient'altro.

"NO!" lei ha pensato.

La benda, l'anello alla bocca, non poteva vedere o parlare per chiedergli pietà o dirgli il suo bisogno, così affondò i talloni nel letto e si costrinse più in basso verso il suo cazzo che amava così tanto.

Adesso non riusciva a respirare e la tensione della corda le faceva inclinare la testa verso l'alto e di lato, ma doveva farlo.

Doveva sentirlo nel profondo di sé.

Era così vicino!

Non poteva fermarsi adesso.

Il maestro Robert sorrise deliziato.

Avrebbe avuto ciò di cui aveva così disperatamente bisogno o sarebbe morta, e quello era Lui.

Lo amava più dell'aria che respirava e questo gli bastava.

Poi si sdraiò completamente sopra di lei e cominciò a penetrarla profondamente e con forza, succhiandole le spalle e mordendole la mascella.

Quando sentì le gambe di lei avvolgerlo e il suo corpo cominciò a tremare, afferrò la corda e li tirò entrambi sul letto, lasciando che l'aria tornasse nella sua bocca aperta.

Guardarla ansimare e piangere e sentire la sua figa stringersi e contrarsi sul suo cazzo era più di quanto potesse sopportare.

Lui saltò in piedi e prese il suo cazzo in mano.

Lo pompò furiosamente fino a quando finalmente venne, sparando raffiche di sperma attraverso l'anello e nella bocca della schiava Susan.

"O si!" Pensò la prima volta che lo assaggiò con la lingua: "SÌ! Il suo corpo, che non si era ancora completamente ripreso dal suo Maestro, ora era di nuovo pieno di piacere.

Ancora e ancora, come le onde sulla riva, venne per Lui.

Era la sua anima gemella in ogni modo e insieme raggiunsero vette di pura estasi.

Il maestro Robert si tolse la benda e continuò a pompare il suo cazzo duro ed eretto.

Mentre gli occhi di Jennifer si abituavano alla luce, poteva vedere il suo Maestro riempirle la bocca con il suo sperma.

Poi le tolse il bavaglio e le permise di assaporare il suo dono mentre continuava a liberarle le mani e a toglierle le calze, le scarpe e infine il colletto.

Il maestro Robert la prese tra le braccia e l'abbracciò forte.

Sussurrò il suo nome e le disse che era sua e che l'amava senza trattenere nulla.

Lei rimase tremante tra le sue braccia e lui la attirò ancora più vicino, assicurandole che era apprezzata e protetta.

Quando il suo corpo stanco smise di tremare, si addormentò pacificamente nel dolce abbraccio del suo Maestro.

* * *

Si svegliò quando lui la prese in braccio e la portò nella vasca da bagno.

Entrò con lei e la cullò tra le braccia mentre affondavano nell'acqua calda e piena di vapore.

Era magnifico e lei sorrise ricordando quanto si erano goduti la vasca da bagno fatta a mano per così tanto tempo.

Mastro Robert la bagnò delicatamente come se fosse stata una neonata.

Le ha lavato i capelli e ha prestato particolare attenzione alla sua figa e al suo culo sensibili.

Le strofinò il collo e le spalle con le mani insaponate, facendole scorrere lungo la schiena e fino al sedere che impastò come pasta.

Il bagno degli schiavi era un rituale su cui insisteva, il che lo rendeva molto più significativo per lei.

Era bellissimo ed era così felice che non riusciva a trattenere le lacrime mentre Lui non riusciva a distinguere tra lacrime e gocce d'acqua.

Quando la asciugò e la pettinò, le tolse la coperta e strisciarono tra le lenzuola fredde senza dire una parola.

Non c'era niente da dire che i corpi non si fossero già detti.

Come nella sua routine serale, Robert le leggeva mentre lei tracciava il suo corpo con la punta delle dita.

E con il permesso già concesso, lo ha curato finché non è scivolato in un mondo di sogni diventati realtà.

AUMENTO DI STIPENDIO

27

Anita bussò alla porta come se non volesse sfondarla.

Questo non aveva senso, visto che lei era l'unica persona rimasta nel negozio di ciambelle.

Lei e la persona dall'altra parte della porta, ovviamente.

"Entra", risuonò la voce di quella persona.

Anita aprì la porta ed entrò, chiudendola dietro di sé.

Lo scatto della serratura mentre la premeva con la maniglia sembrò assordante nel silenzio dell'ufficio.

Eric Galvez alzò lo sguardo dalle carte sulla scrivania.

Guardò Anita, una bella impiegata messicana bruna che indossava l'uniforme scolastica del negozio, una camicia bianca abbottonata e una gonna corta scozzese, con in mano un sacchetto di ciambelle.

Aveva un corpo impeccabile e folti capelli castani scalati che non le arrivavano alle spalle.

"Ciao, Anita," disse Eric.

Il direttore del negozio, sposato con due figli e sulla quarantina, ha posato la penna e ha sorriso.

"Ciao. Mi dispiace se ho interrotto qualcosa," disse timidamente.

"Certo che no", lo rassicurò Eric. "Siediti".

Il piccolo ufficio del direttore era composto da un divano, due sedie, una scrivania e degli schedari.

Eric guardò Anita camminare verso di lui, la gonna che dondolava avanti e indietro.

Si sedette sulla sedia davanti alla scrivania di Eric, accavallò le lunghe gambe e lasciò che la gonna le arrivasse alle cosce.

Posò la borsa sul pavimento accanto a lei.

"Cosa c'è che non va?" chiese il direttore.

Anita esitò, fece un respiro profondo e fece scorrere lentamente le dita di una mano sulla parte superiore della gamba, dall'orlo della gonna al ginocchio.

"Sto pensando di lasciare la stanza in affitto e trasferirmi in un appartamento", ha detto.

Era una studentessa di un'università locale e svolgeva vari lavori in luoghi i cui orari non interferivano con le sue lezioni.

"Fantastico," disse Eric con entusiasmo, poi si fermò. "E ti servono più soldi? Un aumento?"

Anita lo guardò timidamente, prima che sul suo viso apparisse uno sguardo più serio.

"Non riesco a credere quanto chiedono l'affitto. E l'acconto è..." cominciò a dire.

"Lo so," lo interruppe Eric.

La guardò per un momento.

Aveva lavorato per lui per quasi un anno, chiedendo un aumento un'altra volta.

In quel caso, aveva usato il proprio corpo per "influenzare" la sua decisione.

In effetti, da allora aveva desiderato un'altra richiesta da parte sua.

Eric guardò il sacchetto di ciambelle accanto a lui.

"Porti a casa delle ciambelle?" chiese.

Gli occhi di Anita caddero sulla borsa e poi di nuovo sul suo capo.

"No. È per te... per noi", rispose.

Eric non aveva bisogno di ulteriori spiegazioni.

L'ultima volta aveva portato anche una borsa.

E questa volta sapeva cosa fare.

Si alzò e girò intorno alla scrivania, spostandosi dietro la sedia di Anita.

Osservò il suo corpo atletico finché non scomparve dietro di lei.

Un brivido gli corse lungo la schiena in attesa.

"Allora mi hai portato una ciambella," disse Eric dolcemente. "E vorresti condividere."

Anita annuì in silenzio.

Eric guardò la giovane donna, la camicia sbottonata in alto e le gambe abbronzate che si estendevano sotto la gonna svasata.

Le sue mani afferrarono nervosamente le estremità dei braccioli della sedia.

Eric mise la mano sui capelli della ragazza e le fece scorrere le dita lungo il collo.

Sentì la pelle calda sotto il colletto della camicia, poi spostò la mano sulla parte anteriore del suo collo prima di avvicinarsi al primo bottone.

Con un movimento agile, slacciò il bottone; seguito dal successivo.

Si vide la parte superiore del seno, racchiusa in un sottile reggiseno blu.

Le sue dita scivolarono sulla morbida pelle del suo seno sinistro, poi tornarono al pulsante successivo.

Usando entrambe le mani, le circondò il collo e aprì ciascun bottone fino a raggiungere la parte superiore della gonna.

Eric tirò fuori la camicia dalla gonna e aprì l'ultimo bottone.

La maglietta di Anita si aprì quel tanto che bastava perché Eric potesse vedere la maggior parte di ciascun seno dall'alto.

Li guardò alzarsi e abbassarsi mentre lei ansimava per respirare.

Un gancio centrale tra i suoi seni teneva insieme il reggiseno.

Non era una coincidenza, pensò Eric.

Lui si abbassò e slacciò il reggiseno, lasciando che le due metà riposassero liberamente sulle estremità del suo seno.

Anita continuava a sedersi immobile, guardando le mani di Eric o dritto davanti a sé.

Sapeva che le cose stavano per cambiare rapidamente.

Eric le posò le mani sulla parte superiore del seno e le lasciò cadere finché le sue dita non le tolsero il reggiseno.

Le prese tra le mani i seni nudi e marroni, tenendoli delicatamente per un momento.

Alla fine mise i capezzoli di Anita tra i pollici e gli indici e li pizzicò teneramente.

La giovane donna sospirò sonoramente.

Eric sentì il suo cazzo indurirsi entro i confini dei suoi pantaloni mentre manipolava i capezzoli.

Si indurirono sotto il suo tocco e Anita sentì una fitta di eccitazione attraversarle lo stomaco fino alla figa.

Eric le avvolse le mani attorno ai seni, ma riuscì a malapena a riempirli con la sua stretta.

Li prese e li guardò sistemarsi nei suoi palmi.

Girò intorno alla sedia e si fermò tra la scrivania e Anita, guardandola brevemente.

"Alzati e togliti la maglietta", disse con voce calma.

Anita sciolse le gambe e si fermò a pochi centimetri dal suo capo.

Si sollevò la maglietta sulle spalle e la lasciò cadere sulla sedia.

Senza fermarsi, fece lo stesso con il reggiseno.

Eric mise le mani sull'esterno delle cosce di Anita e alzò le mani finché non scomparvero sotto la sua piccola gonna.

Anita sentì le mani sollevarsi sulla parte esterna delle sue mutandine e sul suo sedere.

Poi Eric spostò le mani sulla sua vita e afferrò la spallina delle sue mutandine.

Lentamente, li abbassò, inginocchiandosi mentre passavano sopra le sue ginocchia e sopra i suoi piedi.

Posò le mutandine nere sulla sedia e le tolse le scarpe.

Dopo essersi alzata, guardò la sua gonna e disse:

"Toglitelo."

Anita aprì la cerniera della gonna e la lasciò cadere a terra, uscendo e calciandola di lato.

Eric ammirava la sua vita piccola, i fianchi e le cosce pieni,

gambe lunghe e piedi piccoli.

I suoi occhi tornarono alla sua figa e alla piccola, sottile ciocca di capelli scuri sopra il clitoride.

Anita si sentiva straordinariamente sexy in quel momento, l'umidità tra le sue gambe aumentava di secondo in secondo.

Voleva l'uomo di fronte a lei nudo e sapeva che era inevitabile.

"Toglimi i vestiti", le disse.

Doveva rallentare deliberatamente i suoi movimenti per non rivelare il suo desiderio.

Tuttavia, Anita presto si tolse la maglietta dalla testa di Eric, rivelando una parte superiore del corpo ben costruita, se non eccessivamente muscolosa.

Abbassò lo sguardo e si slacciò la cintura, gli occhi di Eric si alternavano tra il suo seno e le sue mani.

Gli sbottonò i pantaloni e li abbassò finché non caddero da soli sui polpacci.

Anita si inginocchiò e gli tolse le scarpe e i calzini prima di togliergli i pantaloni e gettarli di lato.

Guardò con ansia il rigonfiamento crescente nei suoi boxer, poi afferrò la cintura e li abbassò.

L'enorme cazzo di Eric era solo semi-eretto, ma Anita sentì un'ondata di eccitazione scorrere su di lei mentre gli toglieva i boxer.

Si alzò e affrontò il suo capo.

Con sollievo di Anita, fece la prima mossa abbracciandola e attirandola verso di sé.

La baciò appassionatamente, premendo il suo cazzo contro il suo corpo e spostando le mani sul suo culo.

Eric le strinse le morbide guance mentre le loro lingue si incontravano tra le loro labbra.

Anita sentì la figa strofinarsi contro il suo corpo, non sicura se fosse più determinata a soddisfare se stessa o Eric.

Il loro bacio continuò mentre lei avvolgeva una mano attorno al suo cazzo, sentendolo pulsare.

Il cazzo cominciava a puntare verso l'alto e la ragazza pompava ripetutamente la mano su e giù per il membro.

Quando il bacio finì, Eric guardò Anita e disse:

" Mia moglie non mi fa questo. Tu lo fai meravigliosamente."

"Grazie, sono felice che ti piaccia," sorrise.

"Ho fame", disse Eric.

"Anche io".

Si avviarono verso il divano.

Eric ha preso il sacchetto delle ciambelle lungo la strada.

Trovò il tempo per guardare il piccolo sedere rotondo di Anita rimbalzare con i suoi passi prima di sdraiarsi sul divano, con la testa su un piccolo cuscino a un'estremità.

Eric frugò nella borsa e tirò fuori una ciambella e un coltellino di plastica.

"Ah, ripieno di crema alla vaniglia. "I miei preferiti", ha detto. "Vuoi condividere?"

"Mi piacerebbe", rispose Anita.

Eric si inginocchiò e posò la ciambella ricoperta di cioccolato sulla pancia piatta della ragazza, tagliandola con cura a metà con il coltello.

Un brivido percorse il corpo di Anita quando il coltello le sfiorò appena la pelle.

Eric la guardò sussultare quando la lama del coltello riapparve dall'interno della spessa ciambella, poi posò il coltello e metà della ciambella sopra la borsa sul pavimento.

Le sollevò la ciambella dalla pancia e girò verso di lei la parte centrale piena di crema.

Metodicamente, lo abbassò finché il capezzolo del seno destro non si trovò direttamente sotto la crema.

Con un colpo lungo e morbido, le applicò uno strato di crema alla vaniglia sull'estremità del seno.

Anita chiuse gli occhi mentre l'imbottitura fredda le copriva il capezzolo e la pelle circostante, mandando onde attraverso il suo corpo verso lo stomaco e la figa.

Eric ha spostato leggermente la ciambella di lato e ha ripetuto il procedimento, aggiungendo un secondo nastro di crema adiacente al primo.

Alla fine girò la ciambella e strofinò la copertura di cioccolato sulla punta del capezzolo rigido.

Eric mise la ciambella nel sacchetto e guardò Anita.

Lei lo osservava attentamente, anticipando la sua prossima mossa e implorandolo silenziosamente di divorarla.

Eric spostò la testa sul suo petto e fece scorrere la lingua sul suo capezzolo, assaporando il dolce cioccolato.

Anita quasi gemette ad alta voce, ma si trattenne e guardò mentre la lingua del suo capo allungava il suo percorso per includere un pollice sopra e sotto il suo capezzolo.

Deglutì una volta prima di tornare al seno, questa volta spalancando la bocca e assorbendo quanto più possibile il seno rotondo e pieno della ragazza.

La sua lingua grattò più volte il capezzolo prima che le sue labbra si chiudessero attorno alla carne rosa e la succhiassero.

Questa volta Anita non riuscì a trattenersi.

"Oh, Dio," sussurrò.

Eric alzò la testa e si leccò la crema dalle labbra.

Quando la sua bocca si posò ancora una volta sul seno di Anita, la sua mano stava spingendo il seno verso l'alto e leccò avidamente il resto della crema alla vaniglia dalla sua pelle.

Ritornava sempre al capezzolo.

Anita inarcò la schiena, spingendo il petto più in alto.

Sentì l'umidità tra le gambe aumentare ad ogni passaggio della sua lingua sul capezzolo ed era sicura che avrebbe potuto farla venire se l'avesse tenuta così.

Prese di nuovo la ciambella, questa volta spalmando maggiormente il ripieno bianco e il cioccolato sul seno sinistro.

La crema copriva quasi due terzi del suo petto, lasciando Eric con una mezza ciambella quasi vuota in mano.

Dopo aver rimesso la ciambella nella borsa, si chinò sul corpo di Anita e cominciò a esporre meticolosamente il suo seno, una leccata alla volta.

La ragazza spostò la mano sulla sommità della testa di Eric e la premette più forte contro il suo petto.

Nel frattempo, la sua mano si spostò dal fianco fino a tra le gambe, accarezzando momentaneamente il clitoride sepolto sotto una ciocca di capelli castano scuro ben tagliati.

"Oh, Gesù," disse piano. "È così piacevole."

Con solo una piccola quantità di crema alla vaniglia sul petto, Eric si arrampicò sul divano, mettendo le gambe tra le sue.

Il suo cazzo era completamente eretto ora, puntato verso l'alto con un angolo acuto.

Si sporse in avanti e posò il suo cazzo sul suo petto ricoperto di crema, muovendolo avanti e indietro finché non ebbe un piccolo strato di riempimento bianco.

Anita usò la mano per dirigere il cazzo verso le zone con più crema.

Ben presto divenne bianco dalla testa rosa alla base.

Anita guardò Eric scivolare in avanti e portare il suo cazzo alle sue labbra.

Con entusiasmo, aprì la bocca e accettò il regalo.

Il sapore zuccherino della crema le fece quasi dimenticare l'amore che provava per il gusto di un cazzo caldo e duro.

La sua lingua mosse tutti i lati del membro mentre Eric lo faceva scivolare dentro e fuori dalla bocca, facendolo gemere di piacere.

" Ummmm , Anita. Succhiami, leccami così", ha detto Eric. "Sì, sì. Così."

Ci sono voluti alcuni minuti perché la ragazza togliesse l'ultima crema dal suo cazzo; succhiando, leccando e deglutendo più velocemente che poteva.

Quando ha finito, Eric era più duro di quanto lo fosse stato prima ed era vicino all'orgasmo.

"Vaffanculo, Eric," esclamò ad alta voce Anita. "Ti voglio in me. Per favore."

Quando il suo capo si alzò dal divano, Anita allargò le gambe e alzò le ginocchia.

Quando lui ebbe il suo cazzo all'entrata della sua figa, la sua mano era in una posizione pronta per guidarlo dentro di lei.

Anche lei era sorpresa di quanto fosse pronta per lui.

Non appena la testa del pene gonfio trovò l'apertura, Eric poté abbassarsi finché le loro cosce si incontrarono con un leggero schiaffo.

"Dio sì. "Fanculo a me", disse Anita.

Eric si è affrettato a soddisfare le sue richieste.

La sollevò per il culo e cominciò a far scivolare il suo cazzo dentro e fuori, sentendola contrarre periodicamente la vagina.

Anita sollevò le gambe e le avvolse delicatamente attorno alla vita di Eric, permettendogli di sollevarla ancora più in alto.

I seni di Anita ondeggiavano ritmicamente.

Di tanto in tanto le pizzicava i capezzoli, inviando quelle che sembravano correnti elettriche direttamente alla sua figa.

Nel frattempo, Eric si è riposizionato in modo che una mano libera potesse massaggiarle il clitoride.

Trovò facilmente la protuberanza gonfia e la strofinò.

La testa della ragazza cominciò a oscillare da una parte all'altra e mormorò:

"Fanculo. Merda. Sì là. Là!"

Eric lo strofinò più forte e sentì il suo corpo tendersi.

Le sue gambe lo strinsero forte e lei urlò: "Ahhhh. Oh Dio. Ora."

Il suo orgasmo cominciò con un altro gemito soffocato e i suoi fianchi si sollevarono per incontrare le sue spinte verso il basso.

Per almeno trenta secondi, Eric la penetrò ancora e ancora, mentre lei gemeva e urlava perché la scopasse.

Eric voleva che la sensazione della sua figa stretta attorno al suo cazzo e del suo corpo che si contorceva sotto di lui durasse per sempre.

Lui le tenne il sedere mentre lei cominciava lentamente a sistemarsi sul divano.

Ora in grado di concentrarsi sul proprio corpo, Eric sentì la prima ondata di sperma sollevarsi dalle sue palle.

Anita sentì avvicinarsi l'orgasmo in lui e lo esortò a continuare.

"Ecco fatto. Dai, vieni nella mia figa."

Il cazzo di Eric esplose in un'ondata di sperma che Anita sentì riempirle le viscere.

Il fluido caldo fuoriuscì in diversi schizzi, ciascuno accompagnato da un forte gemito.

Eric afferrò Anita per la parte inferiore delle spalle e premette il suo corpo contro il suo.

Quando stava per finire e rimase fermo con il cazzo dentro di lei, Anita le strinse forte la figa.

"Ahhh, cazzo. "Smettila", mormorò Eric, quasi senza fiato e mezzo ridendo.

Si scosse un'ultima volta e cadde da lei, inerte e totalmente esausto.

Lui giaceva tra le sue braccia, la testa sul suo petto e le gambe di lei ancora avvolte attorno alla sua vita.

"Tutto quello che devi fare è chiederlo quando vuoi," disse Eric dolcemente, tracciando con il dito il contorno del suo capezzolo.

"Avevo solo fame oggi", ha detto.

SITUAZIONE INASPETTATA

CAPITOLO I

"Ti aspetto nella stanza, indossa qualcosa di rivelatore," le aveva detto John.

Lo trattavano come cibo da asporto, pensò Gina terminando la chiamata.

Ed è così che si sentiva adesso, mentre applicava il trucco allo specchio cosmetico: occhi ombreggiati , labbra rosse a forma di cuore e trucco sul viso quanto basta per non farla sembrare una figura di un museo delle cere.

Vuoi altro nel tuo ordine, tesoro?

Soddisfatta del suo lavoro, camminò a piedi nudi sul tappeto della camera da letto, indossando solo reggiseno e mutandine, e aprì l'armadio.

Da uno scaffale sopra dov'erano i suoi vestiti, tirò fuori una piccola scatola di soldi e la portò sul letto.

Quando l'aprì, sulle lenzuola di seta caddero molti biglietti da dieci e da venti.

Gina ne contò quattro su venti e mise il resto nella scatola.

Rimise la scatola nell'armadio, mise i soldi nella borsa e cominciò a vestirsi.

John viveva dall'altra parte della città in una lussuosa residenza con cinque camere da letto vicino al canale.

Ci vorrebbero dieci minuti per arrivarci, a seconda del traffico pomeridiano.

Era un suo cliente relativamente nuovo che aveva servito sei volte fino a quel momento.

Lo odiava.

Era arrogante, scortese e completamente pervertito.

Era di origini italiane: carnagione olivastra, naso grosso e folti capelli neri dappertutto.

John amava mangiare e Gina pensava che assomigliasse a un incrocio tra un gangster degli anni '40 e un maiale panciuto.

Si era vantato dei legami che aveva con il mondo criminale, ma Gina non era sicura di quanto quello che aveva detto fosse vero.

Pensava che stesse solo cercando di impressionarla.

Non riusciva a capire perché gli uomini pensassero che questo fosse attraente per le ragazze.

Gina odiava la violenza e spegneva un film al primo segno di sangue o violenza.

Ma John era sicuramente coinvolto in qualche affare losco.

Aveva visto armi in casa sua.

Aveva sentito telefonate accese durante la loro relazione sessuale che John si rifiutava di ignorare.

Parlare di soldi e droga.

Trovava uomini come John odiosi: avidi, egoisti, disonesti e corrotti.

Tuttavia, aveva troppo bisogno di soldi.

La vita di Gina era piena di debiti.

Un corso universitario di materie umanistiche, la mini Fiat con cui ogni giorno andava al lavoro di segretaria, la spesa per i vestiti, le vacanze a Ibiza e un prestito che aveva preso per arredare il suo appartamento.

Era piena di debiti, ma le società di prestito non le avevano mai negato alcuno.

Ed è per questo che nell'ultimo anno ha lavorato come escort privata.

Privato era la parola chiave.

Non aveva pubblicità online, aveva troppa paura che la sua famiglia o i suoi amici scoprissero il suo sordido segreto.

In caso contrario, dipendeva dal passaparola e dai suoi clienti abituali, ragazzi come John.

Il primo uomo che la pagò per fare sesso con lei si chiamava Peter.

Lo ha incontrato su un sito di appuntamenti dopo la rottura con Adams, ma ha capito subito che non era per lei.

Non era il fatto che lui fosse sulla quarantina e quindici più vecchio di lei.

In effetti, quello era il motivo principale per cui l'aveva incontrato, pensando che un uomo più anziano potesse darle ciò che Adams, un ventiquattrenne, non poteva darle.

Impegno, sicurezza, nuove esperienze sessuali forse.

Semplicemente non sentiva alcun legame con Peter, e lo capì già un'ora dopo il loro primo appuntamento, una cena per due in un ristorante indiano nella parte più bella della città.

Lo salutò e lo ringraziò per il pasto delizioso, pensando che sarebbe stata l'ultima volta che lo avrebbe visto.

Ma Peter era più interessato a lei di quanto avesse pensato inizialmente.

L'ha contattata due giorni dopo con un'offerta di pagarla per il sesso.

Gina dapprima rimase sorpresa, addirittura offesa.

Con la sua abbronzatura intensa, i capelli biondi tinti e la propensione a mostrare gli abiti, sapeva di fare una certa impressione attraente.

Ma questo non la renderebbe una troia, o qualcuno che allargherebbe le gambe al primo segno di problemi finanziari.

Aveva sicuramente incontrato ragazze che lo avrebbero fatto.

Ma Peter sembrava essere un bravo ragazzo, e più Gina pensava al suo debito, iniziava a chiedersi quale fosse il danno nell'accettare l'offerta. Ci sarebbe un vantaggio reciproco.

Peter l'avrebbe posseduta e lei avrebbe ottenuto i soldi di cui aveva disperatamente bisogno.

Se nessuno si faceva male, davvero, qual era il problema?

Gina, tuttavia, era ingenua.

Non aveva mai previsto quanto potesse creare dipendenza il sesso a pagamento, né quanto l'avrebbe fatta sentire infelice e a buon mercato.

A peggiorare le cose, Peter non era il gentiluomo che lei aveva pensato che fosse all'inizio.

Ben presto si sparse la voce che era brava nei suoi servizi e questo poteva essere dovuto solo al fatto che lui lo diffuse direttamente.

Offerte di ogni tipo, attraverso il sito di incontri dove aveva conosciuto Peter, riempivano la sua casella di posta.

Non potevo credere a quanti uomini più anziani cercassero donne più giovani per fare sesso e quanti fossero disposti a pagare per questo.

Era stato molto redditizio per lei e presto apprese che avrebbe potuto guadagnare di più se fosse stata disposta a spingere i suoi limiti un po' più in là.

Gli uomini pagavano di più per cose come l'anale, la dominazione, le piogge dorate e vari tipi di giochi di ruolo.

Gina aveva investito in uniformi da scolaretta, lingerie sexy e fruste. Aveva mangiato tutto quello che le avevano suggerito, si era messa dentro ogni genere di oggetti e aveva perfino finto di allattare un uomo di cinquant'anni con il pannolino.

Naturalmente, John, con i suoi soldi, aveva goduto di tutte le comodità disponibili.

Dalle prostitute di alta classe alle pornostar e persino alle modelle di terza pagina.

Era un'ossessione che rasentava la dipendenza.

Sembrava che tutte le ragazze giovani e belle fossero disposte a vendere i propri beni finché erano ancora desiderabili.

È stato tragico.

Quindi, non è stata una sorpresa che, dopo averlo scoperto da un amico, John abbia contattato Gina.

E stasera sarebbe stata la loro quinta volta insieme.

Gina guardò l'orologio e si sistemò i vestiti nello specchio del corridoio. "Tra un anno sarà tutto finito, ragazza," ricordò a se stessa.

'Puoi farlo.'

Poi ha preso le chiavi ed è uscito dalla porta.

CAPITOLO II

Dieci minuti dopo si fermò in Midesting Road.

Erano da poco passate le dieci e mezza e in una delle altre case era in pieno svolgimento una festa in piscina.

Oltrepassò il cancello in ferro battuto della casa di John e parcheggiò la Fiat nel vialetto.

La luna splendeva sul tetto della Mercedes argentata di John mentre lei sentiva il rumore dei suoi tacchi che scricchiolavano sulla ghiaia e si avvicinava al lato della casa.

John gli aveva detto di entrare dall'ingresso sul retro.

Stasera faranno un gioco di ruolo.

Lui sarà sdraiato sul letto e lei entrerà, come una ladra, e lo sorprenderà.

John amava mescolare le cose.

Non aveva mai incontrato un uomo così sessualmente fantasioso.

Si fermò a metà della casa e guardò su e giù per il vicolo.

Era sicura che nessuno l'avrebbe vista lì, ma voleva accertarsene per ogni evenienza.

Si abbassò le mutandine, facendole scivolare sui talloni, e poi si aggiustò la gonna.

Ha messo le mutandine nella borsa.

Pizzo rosso, il preferito di John.

Poi barcollò sui talloni lungo il sentiero e aprì la porta che dava sul giardino sul retro.

Un bidone della spazzatura di metallo tintinnò quando lei lo colpì accidentalmente con la punta del tacco aguzzo.

'Stupido!' Si ammonì.

La luce della cucina era accesa e la porta del patio che vi conduceva era socchiusa.

John deve averla lasciata aperta per lei.

Gina si tirò indietro i capelli, continuò la sua camminata sensuale ed entrò in casa.

Sentiva odore di bruciato quando entrò in cucina e chiuse la porta.

Probabilmente era uno dei sigari che John amava fumare.

Era un gangster così fumante .

La casa era silenziosa.

John doveva la stava aspettando a letto, come le aveva detto.

Gina attraversò la sala da pranzo arredata con cura, tutta moderna e con mobili in legno in una tonalità rosso intenso, e uscì nel corridoio.

Guardò su per la scala a chiocciola.

"John," disse beffardamente. "Sei pronto o no?"

I suoi tacchi ticchettavano sui gradini lucidi mentre saliva le scale.

Quando svoltò nel corridoio, vide la porta della camera di John aperta.

La luce era accesa ma continuava a non fare alcun rumore.

Poi udì uno schiocco.

'John?'

Probabilmente il grasso bastardo era seduto sul trono nel bagno privato.

Gina si lisciò i capelli, abbassò la scollatura ed entrò nella stanza.

Tutto sembrò fermarsi in quel momento.

L'intero corpo di Gina si congelò.

Sdraiato sul letto, completamente nudo e con lo sguardo rivolto al soffitto, c'era John, con una pozza di sangue che inzuppava le lenzuola intorno a lui e la gola tagliata.

Gina lanciò un urlo.

Una figura scura uscì da dietro la porta e l'afferrò, mettendole un braccio attorno al collo e mettendole una mano sulla bocca .

"Non fare rumore o taglio la strada anche a te," disse.

Gina sentì la punta fredda e affilata di un coltello sul collo.

'Chi sei?' gemette.

"Qualcuno che non vorresti scopare"

L'uomo le strinse più forte il collo con il suo avambraccio muscoloso.

'Cosa stai facendo qui?'

"Sono venuto a trovare John."

'Affinché?'

"Mi ha chiesto di farlo."

'Perché?' chiese l'uomo.

"Solo per vederlo."

Ha schiacciato la trachea di Gina con il braccio, facendola soffocare.

'Perché?' gridare.

"Per fare sesso," riuscì a balbettare Gina.

Iniziò a tossire mentre l'uomo alleviava la pressione intorno al collo.

'Sei una prostituta?' Egli ha detto.

'NO!'

'E allora?'

'Un compagno'.

"È la stessa cosa", disse l'uomo.

Gina non disse nulla, troppo spaventata che l'uomo potesse spezzarle il collo o pugnalarla se lo avesse incrociato.

"Sembra che abbiamo un problema", ha detto.

Si voltò verso il corpo senza vita di John, tenendo Gina saldamente trattenuta tra il braccio e il petto.

Gina si sentiva sul punto di ammalarsi vedendo così tanto sangue.

"Adesso sei testimone di un omicidio."

«Per favore», implorò Gina.

«Non lo dirò a nessuno. Lasciami andare.'

CAPITOLO III

Dall'uomo uscì una risata sinistra.

"Sicuramente capirai che non sarà così facile."

La paura attraversò il corpo di Gina.

Sentì l'urina calda cominciare a gocciolare lungo l'interno delle sue gambe.

Non voleva morire stanotte.

L'uomo le afferrò il braccio con la mano guantata di pelle e la condusse in bagno.

Chiuse la porta dietro di loro e si voltò a guardarla.

Gina si ritirò in un angolo quando vide la sua faccia.

Non si aspettava che fosse uno dei volti più belli che avesse mai visto, ma fu la profonda cicatrice che correva lungo il lato della sua guancia a sorprenderla di più.

E il suo corpo sembrava fatto per uccidere, con le spalle di un campione di boxe e che potevano spezzargli il collo a metà.

Era un mostro.

La guardò dall'alto in basso con i duri occhi azzurri.

"Chi sa che sei qui?"

'Nessuno! Per favore, puoi lasciarmi andare e scappare. Ti assicuro che non lo dirò alla polizia.'

Si avvicinò a lei con un passo lento e predatorio.

«È troppo tardi per quello. Hai già visto la mia faccia."

«Prometto che non lo dirò. Per favore, non mi importa di te o di John, voglio solo andare a casa. Non voglio morire". Gina scoppiò in lacrime.

L'uomo le posò una mano guantata sulla spalla nuda e si avvicinò minacciosamente al suo viso.

Gina sentì l'aria calda del naso sfiorarle le guance.

"Lì, lì, lì", fece le fusa. "Perché rovinare questo bel faccino?"

Passò un lungo dito lungo la guancia rigata di lacrime di Gina.

L'intero corpo di Gina si trasformò in ghiaccio quando sentì il suo tocco.

C'era qualcosa di estremamente conflittuale nell'attrazione che provava per il corpo di quest'uomo e nella paura di essere bloccata contro il muro da qualcuno che sapeva avrebbe potuto facilmente ucciderla.

Lui si avvicinò e le fece scorrere la lingua ruvida sul viso, facendole sentire un brivido correrle lungo la pelle.

Non si aspettava quello che sarebbe successo dopo.

La mano guantata dell'uomo scivolò sotto la gonna, mentre le sue lunghe dita sondavano le sue labbra esposte.

"Ragazza cattiva", disse alla sua inaspettata scoperta.

"Per favore...oh"

L'uomo si era tolto il guanto e ora dentro di lei c'era un lungo dito carnoso.

Trovò dolcemente il clitoride di Gina e lo massaggiò, creando un calore che cominciò a diffondersi dentro di lei.

Allo stesso tempo fece scorrere la lingua lungo i contorni decisi del collo di Gina.

Gina si voltò e vide il suo riflesso nello specchio sopra il lavandino.

E vide anche quella bestia alta e strana affondargli nel collo come un vampiro, con la lama del coltello che teneva nella mano libera che lampeggiava nella luce alogena come un avvertimento.

Non osava muoversi per paura che lui usasse la sua punta affilata contro di lei.

L'uomo si allontanò e fece scorrere lo sguardo sul suo corpo.

C'era una profonda eccitazione in loro, come se potesse vedere il suo corpo nudo attraverso i vestiti.

Le tolse la borsa dalla spalla e la lasciò cadere sul pavimento, mentre un tubetto di rossetto e un paio di mutandine rosse si rovesciavano sulle piastrelle.

Le afferrò uno dei seni attraverso la canottiera attillata e lo strinse delicatamente, poi le passò un dito sul capezzolo quando era sull'attenti.

Era creta nelle sue mani.

"Che cosa hai intenzione di fare con me?" lei chiese.

"Visto che siamo soli e abbiamo il posto pronto solo per noi, ti darò quello che quel ragazzo laggiù non ti avrà mai dato."

Oh, Dio, pensò Gina. Non quello.

Percependo la sua paura, l'uomo sorrise.

'Non preoccuparti. Una volta che mi avrai sperimentato nella tua figa, sarai felice che l'altro sia morto.

L'uomo aveva ragione riguardo al fatto che fossero soli.

Senza vicini vicini, ogni richiesta di aiuto sarebbe infruttuosa.

Se... se avesse accettato e avesse fatto quello che aveva detto l'uomo, avrebbe potuto lasciare la casa viva.

Con tutte le altre probabilità contro di lei, quale altra scelta aveva se non quella di realizzare il miglior gioco di ruolo della sua vita?

Quindi ha preso una decisione.

Avrebbe dato la migliore performance della sua vita.

E se avesse fallito, aveva un piano di riserva.

"Toglitelo," ringhiò l'uomo, puntando la testa verso il giubbotto.

Gina ha fatto come aveva detto.

Quando il giubbotto le scivolò sopra la testa, scosse i capelli e fissò il suo corpo.

" Voglio che anche tu ti spogli," disse.

L'uomo fece una risata beffarda.

«Non mi dirai cosa fare. E non sono così stupido come sembri pensare. Tiralo giù." Fece un cenno verso la gonna di Gina.

Si sbottonò la gonna e la lasciò cadere lungo le gambe, poi la calciò verso di lui con il tallone.

Lei era lì davanti a lui in tacchi e reggiseno, con le labbra rasate esposte all'aria fresca del bagno.

Alzò gli occhi azzurri cerchiati di mascara verso lo sguardo penetrante del suo rapitore.

" Com'è dolce e bello," disse, inspirando l'aria attraverso le narici. 'Girarsi.'

Gina si voltò e guardò il muro piastrellato.

Attraverso il riflesso dello specchio, guardò l'uomo chinarsi e accarezzarle l'inguine mentre studiava il suo sedere.

Il grande rigonfiamento che vide spuntare nei suoi pantaloni le fece capire che era ben dotato.

La fece sporgere in avanti, le afferrò i fianchi e portò il suo inguine verso di lei.

Il rigonfiamento duro e grasso era ora premuto nella fessura delle sue natiche.

La sua mano nuda le toccò il sedere e la spinse in avanti, il coltello ancora saldamente impugnato nell'altra.

Gina lo guardò mentre lo posava sul bancone accanto al lavandino e cominciava a sbottonarsi i pantaloni.

Guardò il coltello, lottando contro l'impulso di afferrarlo.

Ma sapeva che non poteva essere così stupida; Con la sua stazza, l'uomo avrebbe sopraffatto il suo piccolo corpo di un metro e mezzo in pochi secondi. Eppure, era allettante... molto allettante.

I suoi pantaloni neri cadevano sul pavimento rivelando un paio di boxer neri su cosce enormi e muscolose.

La sua erezione salì verso l'orlo, gonfia ed enorme.

Gina ingoiò il sussulto che quasi le sfuggiva dalla bocca.

Come poteva inserire tutto ciò?

Il grosso cazzo si stava sforzando contro il tessuto stretto dei suoi boxer, ansioso di uscire.

Quando l'uomo li tirò giù, la grande testa viola cadde sulle guance di Gina.

Il membro spesso e molto venato era lungo almeno nove pollici.

L'assassino era un Adone sessuale.

Le afferrò il fianco con la mano ancora guantata e prese il suo cazzo con l'altra, guidandolo verso le labbra della figa di Gina.

Quando sentì il cazzo caldo e morbido tra le sue labbra, Gina sussultò.

E quando lo mise dentro, quasi gli cedettero le ginocchia.

Il pene entrò a una profondità audace, pulsando di eccitazione nella sua vagina calda e bagnata.

Colpì un'area all'interno di Gina che non era mai stata penetrata prima, e il suo insidioso clitoride iniziò a pompare per l'eccitazione, l'umidità si accumulava sulle sue labbra e sulle pareti per accogliere questo eccitante nuovo arrivato.

L'uomo cominciò a spingere, i suoi fianchi forti riuscivano a forzare la durezza delle pareti interne di Gina ad una velocità straordinaria.

È stato incredibile.

Afferrò il bordo del ripiano del lavandino mentre lui continuava a penetrare le labbra della sua figa bagnata, le sue palle che schiaffeggiavano contro di lei.

Si tolse l'altro guanto e con le sue mani grandi e sorprendentemente morbide le corse lungo la schiena e le aprì il reggiseno.

Cadde sul pavimento di piastrelle, liberandole i seni.

Adesso indossava solo i tacchi quando l'enorme bestia la colpì da dietro.

Gina lo sentì ritirarsi, la sua figa ricevette un momentaneo scoppio di sollievo.

Ma non passò molto tempo prima che il suo pene fosse di nuovo dentro di lei, ma questa volta verso il culo.

L'enorme cazzo dell'assassino penetrò nelle strette pieghe dell'ano di Gina, provocandole un dolore acuto.

Per un momento, pensò che non sarebbe stato in grado di sopportare il dolore, i suoi muscoli si contrassero per espellere questo oggetto estraneo, ma poi si rilassarono quando il dolore cominciò a trasformarsi in piacere.

Gina aveva già ricevuto del sesso anale, ma non da un fallo grosso come questo.

Il piacere che la colmava adesso era diverso da qualsiasi cosa avesse mai provato prima.

Doveva ricordare a se stessa dov'era.

A casa di John a farsi scopare da un uomo che lo aveva appena ucciso.

Il cadavere di John, già un po' freddo, giaceva a pochi passi di distanza nell'altra stanza, come un'orribile effigie di se stesso.

Gina sapeva che non sarebbe mai riuscita a cancellare quell'immagine dalla sua memoria, per quanto lo avesse disprezzato.

E cancellerebbe l'odio che provava nei suoi confronti se con quello potesse tornare vivo e aiutarla adesso.

Ma c'è qualcosa di strano in quello che succede quando ti trovi di fronte a una minaccia di morte, e Gina lo stava sperimentando per la prima volta in questo bagno dove era tenuta prigioniera.

Prende il sopravvento un istinto, così primario da non sembrare più un istinto animale.

E sai che farai di tutto per sopravvivere.

CAPITOLO IV

L'uomo le sfondava il culo con colpi furiosi, la saliva gli usciva dalla bocca, il suo bel viso arrossato ed eccitato.

I suoni bassi e gutturali che emettevano avvertivano Gina che stava per venire.

Afferrò forte il bordo del bancone.

Le punte delle sue dita diventarono bianche mentre si aggrappava.

"Cazzo," gemette l'uomo.

" Sto per venire."

E lo fece, e un pesante sospiro lasciò la sua bocca, chiuse gli occhi e inarcò la testa all'indietro...

E Gina ha colto l'occasione.

Lasciò andare il bancone e afferrò il coltello.

Con un movimento cieco e vigoroso del braccio lo affondò nel collo del suo aggressore.

Saltò e premette la schiena contro il muro, le piastrelle fredde contro la sua schiena bagnata di sudore.

Con gli occhi spalancati per la paura e la preoccupazione, Gina vide che l'uomo era in piedi in una postura statica, soffocando mentre i suoi grandi occhi la guardavano.

Il coltello sporgeva dal collo spesso e lucido e il sangue rosso scuro colava lungo il colletto del cappotto nero.

Il suo cazzo era ancora eretto, con una scia lucida di sperma che pendeva dalla punta.

I suoi occhi storditi rimasero fissi su quelli di Gina mentre la sua bocca si apriva e il sangue le scorreva sul labbro inferiore.

Riuscì a gorgogliare la parola "Stronza" prima di crollare all'indietro e sbattere contro la porta.

Gina lo guardò per un momento, alzando e abbassando il petto, prima di scoppiare in una risata folle. Il suo piano aveva funzionato.

Prima volta. Lo aveva visto chiudere gli occhi allo specchio mentre eiaculava, quindi si rallegrava del fatto di aver reso l'attacco molto più semplice.

Afferrò i suoi vestiti e si vestì velocemente, questa volta rimettendosi le mutandine.

Ha afferrato la borsa e ha preso a calci il suo aggressore con la punta aguzza del tallone. Poi gli sputò in faccia.

"Questo è per avermi dato della puttana, figlio di puttana!"

Spinse indietro il corpo per poter aprire la porta.

La parte posteriore del suo cranio colpì il tappeto con un tonfo mentre apriva la porta.

In punta di piedi superò il corpo inzuppato di sangue ed entrò nella camera da letto.

Guardò il corpo di John sul letto.

Sangue sul pavimento.

Sangue nel letto.

Morte ovunque guardasse.

Era troppo.

Gina corse fuori dalla stanza e scese la scala a chiocciola più veloce che potevano portarla i talloni, mentre triangoli cremisi macchiavano il pavimento nella sua scia.

Ai piedi delle scale si fermò, si asciugò le lacrime e controllò i suoi pensieri.

Questo stile di vita le aveva rovinato tutto.

L'aveva resa infelice e cinica nei confronti degli uomini.

Aveva riorganizzato il suo morale.

E quel grasso bastardo morto era uno dei peggiori, con i suoi modi corrotti e le sue sordide fantasie.

Era un modello nella società, ma diffondeva e contagiava tutto ciò che toccava con i suoi modi corrotti.

Lei compresa.

Lo aveva trasformato in qualcosa che non era.

E ora l'aveva trasformata in un'assassina.

Aveva ucciso per legittima difesa e la merda che giaceva in una pozza del suo stesso sangue meritava tutto quello che le era successo.

Ma sapeva che non l'avrebbe mai dimenticato.

Come l'aveva maltrattata come se non fosse altro che una sporca puttana, e come il suo corpo l'aveva tradita rispondendo con piacere al tocco delle sue mani sporche e assassine.

Quante vite di altre ragazze devono aver rovinato queste due?

E quanto soffrivano ancora quelle ragazze?

Non soffrirò più, pensò Gina.

Corse su per le scale ed entrò nella camera da letto.

La vista dei due cadaveri le fece venire voglia di vomitare, ma ingoiò la nausea con un gomito e si avvicinò al letto.

Il volto di John era una maschera di orrore, la sua bocca nera e aperta come un pesce, i suoi occhi congelati dal terrore.

Gina distolse lo sguardo e cercò il braccialetto d'oro attorno al suo polso paffuto.

C'era un sottile medaglione rettangolare attaccato alla catena.

Lo aprì e lesse il numero all'interno: 47689.

Ripetendo il numero nella sua testa come un mantra, chiuse il medaglione e frugò nella borsa.

Tirò fuori un fazzoletto e cancellò le impronte dal medaglione.

Lanciò a John un'ultima occhiata sdegnosa prima di voltarsi e correre giù per le scale.

Corse lungo il corridoio finché raggiunse lo studio di John e aprì la porta.

Esaminò la stanza finché i suoi occhi non si posarono su ciò per cui era venuto.

John è al sicuro.

Si era vantato del suo contenuto durante una delle visite di Gina e lei aveva chiesto di sapere cosa c'era dentro.

"Bei gioielli", aveva detto con un sorriso arrogante.

"Vale più di tutta questa casa."

Poi diede un colpetto alla catena che portava al polso e si portò il dito alle labbra.

"Shh."

Gina si avvicinò alla cassaforte a muro e inserì la combinazione.

La cassaforte scattò, indicando che poteva essere aperta.

Aprì la porta d'acciaio e guardò dentro.

Su una pila di buste marroni c'era un portagioie rosso vellutato.

Gina sentì un nodo allo stomaco.

L'aprì per trovare la collana di diamanti più incredibile che avesse mai visto, le sue pietre meravigliosamente realizzate scintillavano con un effetto cinematografico.

"Vale più di tutta questa casa," sussurrò a se stessa.

Abbastanza per saldare tutti i tuoi debiti e anche di più.

Con il cuore che le batteva nel petto, chiuse il coperchio e mise il portagioielli nella borsa.

Poi chiuse la cassaforte e strofinò eventuali impronte sul fazzoletto.

Si affrettò fuori dallo studio e lungo il corridoio verso la porta d'ingresso, controllando che i suoi tacchi non avessero lasciato impronte incriminanti sulle assi lucide.

Non tuo.

Aprì la porta di casa.

L'aria dolce e fresca le colpì le guance mentre camminava nella notte e il peso della presenza in casa si sollevò immediatamente dalle sue spalle.

Finalmente libera, corse lungo la strada sterrata e saltò in macchina, gettando la borsa sul sedile del passeggero.

Lasciò ricadere la testa sul volante ed emise un grido basso e gutturale.

Esausta ed esausta, frugò nella borsa e tirò fuori il telefono.

Ha chiamato il 911.

"Polizia, per favore, ho appena ucciso un uomo."

ACCOGLIENZA SELVAGGIA

65

Susan era sdraiata sul divano e pensava al suo partner.

Lo amava con tutto il cuore e il suo sogno era che lui facesse quello che voleva con i preliminari.

Leccatela e succhiatela finché non vale la pena morire per il suo livello di estasi.

Poi scopala con un sesso più potente della creazione.

È stata una notte così noiosa.

Susan era sdraiata sul divano in reggiseno e mutandine di seta rosa e guardava un film.

Ma Susan stava pensando al suo ragazzo, al suo bel corpo, agli occhi verdi e ai capelli castano scuro.

La lingua di Susan fece capolino oltre le sue labbra mentre pensava a lui, la lussuria le riempiva la mente e il corpo.

Proprio in quel momento Susan sentì la porta aprirsi: finalmente era arrivato.

Eccitata e bagnata, balzò in piedi e corse verso la porta.

Eccolo lì, in jeans e maglietta bianca.

Entrò nella stanza notando i bellissimi seni ansimanti di Susan mentre quasi cadevano dal reggiseno per l'eccitazione.

Afferrandola per la vita, attirò Susan verso di sé e la baciò profondamente.

"Sono così dannatamente arrapata," sussurrò Susan nella sua bocca calda e bagnata. "Fottimi adesso."

Non avendo bisogno di un secondo invito, spinse Susan verso il tavolo della cucina.

Si tolse la maglietta e spense le luci, oscurando la stanza.

Susan era sdraiata sul tavolo, i suoi capezzoli ora spuntavano dal reggiseno bianco e una macchia bagnata si stava formando sulle mutandine abbinate.

Si avvicinò a lei, formando un rigonfiamento nei suoi jeans.

Si china su Susan baciandole dolcemente la pancia, leccandola tutta.

Susan sussulta di piacere e le sue mani gli afferrano la testa per avvicinarlo.

Continuò a leccarle e baciarle la pancia, scendendo di tanto in tanto fino alla figa, ancora coperta dalle mutandine , per soffiarle aria calda.

Le afferra la biancheria intima con i denti, abbassandola con un movimento rapido.

Li getta sul tavolo e ne annusa il pube.

Susan inizia a gemere e respirare affannosamente.

Seppellendo il viso nella sua figa bagnata, allunga la mano per toglierle il reggiseno.

I seni vivaci di Susan si riversano sulle sue mani morbide.

Leccò delicatamente ancora una volta la fessura di Susan prima di avvicinarsi al frigorifero.

Aprendola, tirò fuori una ciotola di fragole. Ne prese due, mettendone uno sulla pancia di Susan e l'altro tra i suoi seni.

Leccò la fragola sull'ombelico e poi la mangiò.

Continuò a leccarle il corpo dal basso verso l'alto e alla fine passò alla fragola successiva.

Leccando la scollatura di Susan, muove la fragola su e giù tra i suoi seni.

Susan geme per la sensazione insolita.

Continuò a spostare la fragola sempre più in basso nel corpo di Susan, finché non raggiunse la sua figa spingendo la fragola con la lingua.

Susan sussultò e lui poté vedere la sua figa contrarsi attorno alla fragola ricoperta dei suoi succhi.

Ha spinto la fragola più in profondità nella sua figa.

La coprì con la bocca, succhiando delicatamente finché la fragola non fu di nuovo nella sua bocca; ora ricoperto dai succhi di fica di Susan.

Bevendo la fragola, la mangiò e si mosse per girare Susan a pancia in giù.

Con il sedere in aria, lo accarezzò.

Ha schiaffeggiato delicatamente il culo di Susan, prima di tuffarsi nel suo culo e leccarlo, lasciandole dei succhiotti su tutto il sedere.

Lì vicino c'era un barattolo di miele, e lui ci infilò un dito e lo sparse sulle labbra di Susan.

Poi le infilò la lingua dentro facendola gemere.

Ha succhiato la lingua in profondità nella sua figa.

Gemendo forte, Susan disse:

"Fottimi adesso."

Si tolse i jeans, il cazzo pronto a scoppiare.

Ora nudo, il suo cazzo sporge grosso e forte.

Afferrò Susan, facendole scorrere le mani sull'interno delle cosce, posizionando il cazzo proprio davanti alla sua entrata.

Si strofinò la testa contro la sua umidità; Delicatamente, aprì le labbra e fece scivolare dolcemente la punta del suo cazzo.

Un gemito sfuggì dalle labbra di Susan quando sentì la punta del suo membro entrare in lei.

Susan gemette più forte, mentre lui faceva scivolare il resto del suo enorme cazzo duro nella sua figa.

Mentre lui la riempiva, lei strinse le pareti della sua figa, così da lui uscì un gemito.

Iniziò a pompare il suo cazzo dentro e fuori dalla figa di Susan, spingendosi sempre più lontano ad ogni colpo.

Continuò a martellarle la figa facendo gemere Susan sempre più forte.

Afferrandole le cosce, picchiò più forte che mai, grugnendo mentre invadeva il corpo di Susan con il suo enorme cazzo.

Susan gridò:

"È così bello, tesoro, fottimi più forte."

Sbatté il suo cazzo più forte nella figa di Susan, sentendo lo sperma accumularsi alla base del suo cazzo.

Le sue palle che schiaffeggiano il sedere di Susan con il suo movimento.

Susan emise un lungo gemito e cominciò ad avere un orgasmo selvaggio, la sua figa gli strinse il cazzo, così anche lui cominciò ad raggiungere l'orgasmo.

Sborra vomitata dal suo cazzo, il primo getto entra nella figa di Susan.

Ma lui si ritirò, lasciando che gli altri cospargessero il suo corpo.

Proprio quando l'orgasmo cominciò a placarsi, lui infilò le dita nella sua figa pompandole rapidamente, mandando Susan di nuovo all'orgasmo.

Gemendo e muovendosi per tutto il tavolo, Susan lo tirò sopra di sé e lo baciò profondamente.

Il loro sudore e il loro sperma si mescolarono su tutti e due i corpi.

Dopo che entrambi si furono rilassati, disse:

"È bello essere ricevuti così."

FINE

71